北岳诗库

孔令剑
— 主编 —

污　　　　　　点

A DENG
WORKS

阿登 ———————— 著

山西出版传媒集团　北岳文艺出版社

·太原·

图书在版编目（CIP）数据

污点 / 阿登著. —太原：北岳文艺出版社，2018.4
（北岳诗库 / 孔令剑主编）
ISBN 978-7-5378-5492-4

Ⅰ．①污… Ⅱ．①阿… Ⅲ．①诗集－中国－当代 Ⅳ．① I227

中国版本图书馆 CIP 数据核字（2017）第 315474 号

书　　　名：	污　点
著　　　者：	阿　登
策　　　划：	续小强
责任编辑：	王宜青
书籍设计：	张永文
印装监制：	巩　璠

出版发行：	山西出版传媒集团·北岳文艺出版社
地　　　址：	山西省太原市并州南路 57 号
邮　　　编：	030012
电　　　话：	0351-5628696（发行部）
	0351-5628688（总编室）
	0351-5628692（综合项目开拓中心）
传　　　真：	0351-5628680
网　　　址：	http://www.bywy.com
E - mail：	bywycbs@163.com
经　销　商：	新华书店
印刷装订：	山西万佳印业有限公司

开　　　本：	890mm×1240mm　1/32
字　　　数：	146 千字
印　　　张：	6.75
版　　　次：	2018 年 4 月第 1 版
印　　　次：	2021 年 1 月山西第 2 次印刷
书　　　号：	ISBN 978-7-5378-5492-4
定　　　价：	39.00 元

本书版权为本社独家所有，未经本社同意不得转载、摘编或复制

策划人语

"诗歌出版"是北岳文艺出版社的重要传统。前有"黑皮诗丛",后有"天星诗库",皆为中国当代诗歌杰出诗人之重要出发地。更有"外国名诗珍藏",如今依然为广大诗歌爱好者所珍赏。

"北岳诗库"赓续如此光荣传统,其目光聚焦山西诗歌这一繁盛沃土,其旨在于不间断展示山西诗歌创作实绩,更瞩望为山西诗人造一清静小园。

"北岳诗库",是我们探求共建共享出版模式的开端。大风吹宇宙,红日照高山。祈愿"北岳诗库",如恒山一般,巍然耸立。

续小强

2018年2月2日

自 序

之前，我经常在半夜里醒来，摸索一支烟，点着，有时在窗台前抽，有时就在床上，这个习惯大约持续了十年。后来小女儿出生了，便因此戒了烟，可仍改不了半夜醒来的习惯，仍然在一个又一个半睡半醒间写下一句或几句呓语。这个习惯，成为我诗歌创作的本能。

1978年夏，我出身于晋东南沁水县一个叫柿庄的小村，村前有条很小的河，隶属沁河支流，由东北至西南在端氏古镇汇入沁河。这里古称小秦川，长平之战时，秦人曾遣一支奇兵经此川北上，出长子，绕过百里石长城断了赵军退路。当然，这是我多年后才知晓的事情。最早让我对故乡产生自豪感的，是作家赵树理，很小的时候我便熟读了他的部分作品，但那些生动的故事并未能对自身的文学创作产生多少影响，我成长的脚步，恰好与中国改革开放的历程吻合，山外的一些信息，在我能够独立思考事情的时候，渐渐进入了视线。

1989年，我被选送入县重点中学就读。学校距老家70余里，第一次离开出生地，父亲用自行车带着我，沿河边的山路蜿蜒而下，他是一名普通的公务员，平时离家，周末才得以见上一面，那次同行，使年轻的父亲和衰老的故乡一起，成为我情感深处最绵长的记忆。

还看到
那个蹦蹦跳跳
悄然茁壮的身影
有时乘风飞向远方
有时又被记忆
吹回到从前

  中学阶段,我用租书的方式,看完了金庸、古龙的武侠小说,也接触到了一些中外小说,比如中国古典文学四大名著及外国名著《基督山伯爵》《鲁滨逊漂流记》《三个火枪手》等。

  最早接触诗歌,是在就读于晋城师范期间,尝试去理解汪国真、席慕蓉、顾城等人的作品时,还不懂诗歌有什么流派,有什么类型,凡能打动我的就抄写在笔记本上,除了诗歌,里面还贴满了港台明星的照片。现在能记起的是,那时的阅读,偶尔竟能让自己流出眼泪。在这种文学最初的感动中,我试着去恋爱,去伤怀,去近郊独自旅行,我骑着摩托车(有时也徒步),从一个同学家到另一个同学家,不断翻山越岭,为了无可名状的期待而扭下油门:

风渐渐拂去雾岚,四面全是
倒插的肋骨,峭壁取代了天空。
我大声呼喊
从期待一个人的到来,变成
期待一座山的回答

几年后，我将这些经历碎片式的写了下来。遗憾的是，历经十余年单调枯燥的财务工作，那些诗歌大都没有保留下来。

真正刺痛我并让我重新走近诗歌的是第一次婚姻的失败，在沉迷于网游继而失去生活目标后，我的脾气越来越差，她最终选择带女儿离开。我开始了整夜整夜的失眠，并于天亮前将当时认为不可示人的心悸记录下来：

　　当咬破了下唇
　　才看到
　　窗帘在夜风中半掩
　　她已消失了很久

平复这个过程用了多年，之后，虽然又成了家，半夜写诗的习惯却保留下来。创作初期，我将文本保存于电脑上，微信普及后，才陆续将一些短诗放入朋友圈，并很快拥有了一批读者。我始终未去有意识地宣传自己的作品，这一点我和诗友"刀把五"的观点相同：好诗自己会长腿的。

除了写现代诗，我还创作格律诗，从统计数据上看，目前格律诗的影响力和阅读量均超过了我的现代诗。但我始终认为，只有现代诗才更加契合时代的脉搏，才能更加准确地表达时人敏感的情绪波动。随着创作体验的不断深入，我逐渐摒弃了以往自我抒情的形式，转而开始用呈现式的短句，来关注一些令普通人有着普遍共鸣的东西：

　　寂静里
　　我们打开手机，如同

无数散落于秘境的
萤火

此时,性器与思想
永不承认孤单

  几年前,就有朋友问我什么时候出集子,然而过了一年又一年,才发现以前写的东西越来越难以入眼,于是一拖再拖直到现在。

  能够出版这本诗集的决定因素,并非来自作品质量上的自信,而是源于金钱上的考量。我不是拜金主义者,但倘若不是北岳文艺出版社提供的这次机会,我的出版计划仍将遥遥无期。

  最后,我决定自己作序。至今,我仍是个低头不语的自渎者,没有人会更加了解这样一种存在,这样一些经历,和这样一个人。

黑的瞳
是我唯一
残留的污点

2017 年 7 月 12 日于沁水月亮湾

目 录

第一辑 污点（2017年）

污点 / 3
原本只是个寿衣店 / 4
主播小丫 / 5
诗人之死 / 6
失乐园 / 7
等待前进 / 8
题梅图所忌 / 9
事与愿违 / 10
雪中行流图 / 11
高平十大碗 / 12
九枝玫瑰送给谁 / 13
相信未来 / 14
接访员老吉 / 15
狙击 / 16
干净 / 17
下场 / 18
入戏 / 19

木叶下　　/ 20

钢管与冷漠　　/ 21

仿画竹　　/ 22

跳槽妹　　/ 23

纹身　　/ 24

姓与名　　/ 25

决斗　　/ 26

一家之主　　/ 27

女儿上学后　　/ 28

孤坟滩　　/ 29

投井　　/ 30

兰若寺　　/ 31

这一刻　　/ 33

微风与小鹿　　/ 34

更淡的山　　/ 35

不必　　/ 36

演讲比赛　　/ 38

以后　　/ 39

女儿的信任　　/ 40

身处幸福时代的愧疚感　　/ 41

她说，无聊时才用笔　　/ 42

一条鱼　　/ 43

静夜思　　/ 44

起床之前　　/ 45

老爷山　　/ 46

这边，那边　　/ 47

采花贼　　/ 48

庆幸　　/ 49

桃花墓　　/ 51

运势　　/ 52

这次我微笑着走开　　/ 53

雨中杏谷　　/ 54

熟悉的场景　　/ 55

他们的意外　　/ 56

原谅　　/ 57

车流时代　　/ 58

喊完他们吻在了一起　　/ 59

一个人　　/ 60

嗓门　　/ 61

放学，一起接女儿回家　　/ 62

第二辑　分裂（2016 年）

近日诗观　　/ 65

情感的样子　　/ 66

寂静里　　/ 67

再次作别　　/ 68

无眠者　　/ 69

试着　　/ 70

昨夜的咖啡　　/ 71

当怎样继续前行　　/ 72

又是黎明的雾　　/ 73

你的样子　　　/ 74

虞美人花　　　/ 75

无题　　/ 76

悼念诗人马新朝　　　/ 77

2016年第一天　　　/ 78

这次，我想慢点吃　　　/ 79

我们的桃花　　　/ 80

念　　/ 81

能否发光　　　/ 83

仍旧信任着春天　　　/ 84

走，寻花去　　　/ 85

我的颜色　　　/ 86

有时，也会抑制期待　　　/ 87

水滴　　/ 88

欢喜于我　　　/ 89

我只怀揣一种悲悯行走　　　/ 90

相比之下　　　/ 91

候鸟　　/ 92

最后的最后　　　/ 93

那年　　/ 94

由黑到白　　　/ 95

看望聋哑学校的孩子们　　　/ 96

渴望　　/ 97

两只斑鸠　　　/ 98

致蒲公英　　　/ 99

端午　　/ 100

魔兽世界观影感　/ 101

悬空寺　/ 102

下班路上　/ 103

门　/ 104

身影　/ 105

楼前的侧柏　/ 106

午门　/ 107

梦中的眼泪　/ 108

避雨的人　/ 109

你的影子　/ 110

偶遇网友　/ 111

同样在雨中　/ 112

再从容一些　/ 113

这排长椅　/ 114

大槐树寻根　/ 115

不知如何回答　/ 116

两条鱼　/ 117

那时的幸福　/ 118

无人叫好　/ 119

跳绳　/ 120

草木颂　/ 121

认罪　/ 122

夏日偶书（组诗）　/ 123

第三辑 残留（2015年—2010年）

唯独　　/ 129

空相框　　/ 130

雨中的思绪　　/ 131

将爱刺穿　　/ 132

心事　　/ 133

填满　　/ 134

莫非　　/ 135

探望女儿　　/ 136

故乡（组诗）　　/ 137

乡路　　/ 140

女儿发烧的第三晚　　/ 142

记忆　　/ 143

醒来　　/ 144

饭前的电话铃　　/ 145

廊桥，又一个朋友　　/ 146

忘了是周末　　/ 147

雄鸡　　/ 148

山行访友　　/ 149

太行山　　/ 150

奶奶　　/ 151

你的目光　　/ 152

孤独　　/ 153

平安夜　　/ 155

列车穿过隧道　　/ 156

老宅　　/ 157

妄题李清照　　/ 158

数星星的孩子　　/ 159

我于父亲　　/ 160

好的　　/ 161

漫步于此　　/ 163

年　　/ 164

取暖　　/ 165

这一年，当如何作别　　/ 166

下雪了　　/ 167

你教过书的那所学校已搬迁　　/ 168

当专注于时间的流逝时　　/ 169

君兮说完我说　　/ 170

爱的漩涡　　/ 171

有限的理解　　/ 172

浅秋，适合做什么　　/ 173

今夜无蝉声　　/ 174

狗尾草　　/ 175

下一个受害者　　/ 176

坦然　　/ 177

倾听　　/ 178

秋夜的街头　　/ 179

谁遣海浪将你交还　　/ 180

当一首老歌响起　　/ 182

遥望宋朝　　/ 183

冷山　　／184
电子邮箱所终结的　　／186
立冬感言　　／187
重复的痛　　／188
站在一片枫叶上看秋天　　／189
来，一起将情绪泡苦　　／190
写给未来（组诗）　　／191

诗集简评（代后记）　　／195

第一辑　污点（2017年）

污 点

骑白马久了
渐渐与马同色
白了须发
白了泪水
白了远方的草

如果全是空白
或许能装下整个明天
黑的瞳
是我唯一残留的
污点

原本只是个寿衣店

铺子里一边是待卖的纸钱
一边是
成人用品宣传画册

中年人兀自翻着手机
问我
是买花圈
还是要保健

主播小丫

更多的时候
他们在盯着女人看
他们在盯着演员看
他们在盯着政客看
他们也在
被别人盯着看

而现在
主播小丫正小心翼翼
将果皮一圈圈剥开
果肉很红
小丫的脸，也很红
这是一个
关乎人性的解剖过程
每一位观众都显得
异常兴奋

诗人之死

一缕光旋转于夜空
秋风拂过额头
妄言者正等待最后宽恕

最先赶来原谅的,是你的诗句
它们手挽着手
围在棺柩前彻夜轻唱
还有四下的虫草
它们向你发光致敬
母亲微笑着出现
如初生时那般
再次将你托举至沉睡的高度

最后原谅你的是世人
清晨,他们依次
将鲜花抛撒于此,大声赞美着
你从未辩解过的品质

失乐园

一幅画，一半涂成了天空
一半，堕入黑暗的虚无

其下是无垠的春色
近处的裨草
面朝头上两种互噬的信仰
难以做出选择

画架后凌乱的钢丝床上
他们蓬发赤身的
造物主，正用画笔轻撩着
刚刚抽取出来，仍在
扭动呻吟的肋骨

等待前进

摩托车在小区的坡上
堵塞了
我们全都加着油
等待前进

题梅图所忌

南山的梅花落了一次
张枣就死了
世间的梅花落了许多年
题过梅诗的人
全如落梅般消失了

盯着这幅画,我久无声息
生怕一张口
画里的梅花便在眼前
纷然四下

事与愿违

我只希望一种死亡的方式
实际上
却有一万种可能

多想有一万种活法
不幸的是
我必须选择其中的一种

雪中行流图

那些匆忙与消逝
渐渐以素描的形式呈现出来

时间太有力和舒展了
视觉过于宏观了

镜头拉近时,会看到他们
也曾拼死了重叠
也曾挣扎着分开

也曾涂满浓烈的色彩
而现在
任由白雪覆盖

高平十大碗

真吃不下一碗接一碗的盛情
可他们吃得下
这是一些不忌讳乡邻口水的人
这是一些享受着酸甜苦辣的人
我尝了口芥末汤
立刻被周围的笑声
呛出了眼泪

后来,这些笑声渐渐入了味
当鼓起勇气
吃到自己也笑出来时
第十碗
正好端了上来

九枝玫瑰送给谁

一枝敬天
一枝赠地
一枝衔报高堂养育
一枝感恩师长教诲
一枝歌颂伟大的祖国
一枝迎奉和谐的时代
一枝庆贺新房入住
一枝别在车中陶醉
最后一枝
放在朋友圈
见证我们的婚姻
合法、牢固和看似完美

相信未来

没人告诉未来会死亡,也
没人告知此刻还活着

我们只需信仰一次,面向夜空
握住你的指尖,去点亮
一盏孔明灯
我们只需在彼此的眼中陷落
剩下的
全是自由

接访员老吉

他的言语真诚委婉
上访者往往自软三分
老吉也会
在没人时
站在大楼前的台阶上
对着白日，点根青烟
爆一句
操他丫的

强劲的寒流
瞬间便将气息
憋回了
肚里

狙 击

抗日神剧看多了
我也成了神枪手
我常常对着一些人的背影
做瞄准动作
有时瞄准头
有时瞄准屁股
有时还故意打偏
不论目标是否倒下
我都要隐匿自己的行为
吹一吹
食指上的烟

干 净

我俩清晨
就各自
离开了
没要电话
没问姓名
更别提钱了
那是王八蛋
对了
还洗了澡
瞧，我们之间
是多么的
干净

下　场

悟空最终留在了兰若寺
原因不明
目的不明
功力不明

树妖心说
闹了会天宫、地宫、龙宫
取了一大堆佛经
最后还不是又混进
妖精堆了么
现在全身剃了个精光
除了那根棍
连撮猴毛
都没落下

入 戏

我常常一个人
坐在小城的电影院里
排遣时光
这里会上演恐怖片
会大打出手
有时还会看到地球末日
每当走出电影院
便油然生出一种
拯救世界的使命感
让我攥紧拳头
在稍后的一段时间内
挺直腰杆
冷峻地面对，所有和我
打招呼的人

木叶下

你看,没有琴声
木叶仍在下
你看,没有不尽之流水
木叶仍在下
你看,杜甫已死去多年
那无边的木叶
仍在下

悲愁从未因悲愁之人
而悲愁。不是么
当我开始爱上这座北方的孤山
爱上孤山下的小城
当我在这小城里安了家
当我给家里新出生的小女人
起了名字
你看
那些无风的木叶
仍在下

钢管与冷漠

露天演出结束
人群散去

接下来,他们开始
拆卸舞台
钢管不停地敲出"哐啷"之声
那些身着工服的男人
不论刚才
是否跟着观众呐喊过。现在
他们的动作熟练得
如同解剖医生

我站在这里
直到他们驾车离开
才发现
和观众席一片狼藉相比
舞台所处之地
已被清理得
干干净净

仿画竹

板桥画竹,用竹笔
去冗繁,留清瘦
世人称他的画和人一样
有气节

而我画竹
用诗
把废话统统削去
只留下不适合朗诵的竿头
扎你的心

跳槽妹

那个女孩

在礼品店待过

在咖啡店待过

在自行车店待过

对了,那次我们还大谈

车架的材质与性能

最近在神州旅行社又碰到了

她见了我

始终面带微笑

恭敬得

不给我一点

聊聊往事的机会

纹 身

她为第一个男人纹了玫瑰
又为第二个男人纹了菊花
第三个男人没有这样要求
她仍然纹了牡丹

后来,她每纹一个图案
就兴奋几天
仿佛那些图案再次开出了花
仿佛那些痛苦和快乐
比男人给的
还要短

姓与名

蛙声与蛙声叠在一起
如同他们的身体

沿着亢奋的河流
沿着闪亮的河流
行进
找寻自己的名字

我的身体多么强壮
我的影子多么巨大空虚

现在,我温柔地
将自己的姓浸入水中
待产
然后,狠狠地
踩踢着自己的名字

决 斗

剑与剑决斗
眼睛与世道决斗
偏执与命运决斗
诗歌与性命决斗
良我与恶我决斗
失眠与性欲决斗

隔壁的床停止呻吟
决斗者以夜的名义开始谈判

坐起身。我如同
一场大战后的幸存者
不知所措

一家之主

之前的五天
只有我一个人
在这屋子里走动
她们回来前
我打扫了卫生
让地板看起来更加
明亮一些
早晨
她们仍在熟睡
我必须做好早餐
好让她们明白
谁才是这个屋子
真正的主人
不需要问她们爱吃什么
我自己
说了就算

女儿上学后

她想想
结婚已有好多年了
日子无法倒着回去
也不能停止
电动车仍旧与既定的路线
重复吻合

一些事
偶尔会在炉火上燃烧
比如，该有或不该有的玫瑰
比如，某夜手指的游离

有时涂上唇彩
再擦掉
有时应了饭局
再推掉
有时发好一阵子呆
让锅里的炖肉，顶着盖子
吡吡烂掉

孤坟滩

夜晚路过孤坟滩的人
会被迷魂草慑了魂魄
早上才走得出来
这是一个近乎真实的传说

后来
他们填了坟,平了地
盖起了廉租房、公租房
大家都争着报名
包括那些自称在这里
迷过路的人
和鬼

投 井

他死盯着
死死盯着
双眼井口一般黑时
跳了下去

水只浸到小腹
天空缩小
他忽然没了命地喊
"救命"

兰若寺

1

很小的时候
我便成了孤儿
多亏了师父收留

那时,捉鬼的道士很多
最厉害的
还要数师父他老人家
他有两样法宝
别人比不上

后来师傅死了
我便成了最厉害的
兰若寺的鬼灭了一个又一个
镇上的人死了一茬又一茬
直到现在,我仍拥有
那两样法宝

一把上好的桃木剑,和
童子尿

2

昨夜，书生和女子
一同进了寺里

昨夜的佛光一会蓝一会绿
照得我
反而像个妖怪

许久没人来这里了
我常常喝醉
他们有的怕寺里的蛛网
有的怕我倒卷的胡须

现在，那个书呆子快死了
我想阻拦
却醉倒在树杈上

管他呢，就连这偌大的
佛寺荒了好久
我都懒得理
总不能叫一个执剑的道士
去撞那
慈悲的钟声

这一刻

电视里的人一直在为
星球是否孤独而争执不休
现在,女儿说
看我变一个飞机
她将手工纸对折
将一个平面三维化
她迈出了
论证的第一步
接下来,推开窗户
我举着她的手
开始试飞实验

微风吹开了她的额头
这一刻
我有了一点点勇气
来面对星光
和坍陷的时间

微风与小鹿

一阵微风
小鹿的耳朵竖起,又放下
一阵微风
小鹿蹿走,又回来
妈妈告诫
食物不应当一口气吃完

阳光穿过树叶
垂泄在她美丽的斑纹上
林间的空地终于安静下来
安静得像一个
圣洁的祭坛,在诱惑
万神的眼睛

更淡的山

远山总比近山淡
那些更淡的天空里
藏着多少山
那些更淡的眼神里
藏着多少山

我亲眼看到一个
马路边哭泣行走的孩子
他的父亲
远远跟在后面
不牵绊
不呼喊

不 必

她递给我一截冰凉的手指
我们勾在了一起
她把所有的热量都聚在了
五月的脸颊

我们走过临河的小路
那时的风要比现在的热烈一些

我们看着面前的云
一点点飘散
我们不敢去问对方的未来

此刻,我坐于城市客厅里
嗅着左手的无名指
右手在手机屏上写着
这首诗

"记起的并不比忘掉的珍贵"
想对勾着女孩手指的邻座男生说

"不必试图留住什么,之后
——以及之后的之后
也不必试图忘记"

演讲比赛

演讲题目需要虚构
内容情节需要虚构
姿态定位需要虚构
包括那些真实的成分
都需要认认真真
——再次虚构

在台上
孩子们说哭就哭了
在需要掌声的时候
孩子们说哭
就哭了

以 后

跋涉于雨季
潺潺的时间不断倒流、侵蚀
我挺在湍急处
力量日渐衰微

结局早已注定
无法预知的,仅仅是
被时间卷走的时间

以后
还会有冰雪
还会有春天
还会有与所爱之人牵手的分秒
星辉下
我们细小成闪亮的指尖
那将是生命中最清晰的时段
万丈雄心消失后
悲伤来临前

女儿的信任

你有许多名字
一会叫蓝妹妹
一会叫冒险者朵拉
一会又成了灰姑娘
还记得你骑在我背上
问所有的布娃娃
谁才是
这世上最美丽的女人

当你安静地睡下
长长的睫毛终于从梦里钻出
每一根都代表着
一次信任

轻触你微翕的鼻翼
我收到了最新的旨意
责任重大
我成了童话世界唯一的
守护神

身处幸福时代的愧疚感

电视里
一个女人坐在苞谷地里
缓慢地系着襦衣盘扣
镜头很长。
其间,我发了两条微信
尽量不去想那些画外之意。
女人显然有些不满
她猛然将头发扯乱,大叫一声
于是,我起身关掉电视,走出门。
广场中央,一群大姐
正在音乐声中用力扭摆
这个镜头更长
其间,我忽然想知道
电视里那个女人最终的命运
我忽然产生了一种
身处幸福时代的愧疚感。
回家路上,这种愧疚感
迫使身后的音乐,越来越弱
迫使街灯下自己的影子,一会高大
一会憋屈

她说,无聊时才用笔

这些纸墨多么好
啥都能写上去
爱,恨,无聊
啥都能写上去

笔不重要
写爱时,用手指
写恨时,用水果刀
无聊时才用笔
写上一个名字,画个圈,再打个叉
好了,罪名成立。

一条鱼

一条鱼,水面嬉戏
吃丰年虾卵和蜉蝣稚虫

一条鱼,缩在洞穴
伏击更小的同类

一条鱼,在布满月光的江面
拱游成弧形美人

她们是
同一条鱼

静夜思

星空在身边
是因为想象太阔
床在身边
是因为自身太小
女儿在身边
是因为女儿尚未长大
父母在身边
是因为自己尚未衰老

能逃逸的全都逃逸了
爱或不爱的人
长大后的女儿
虚妄的爱恋
不能厌恶和唾弃的自我

"俯仰之间已为陈迹"
天光尚早
请继续闭上眼

起床之前

无边的光阴
无可奈何的光阴

听着阿尔罕布拉宫的回忆
回忆开始变长,变细,变弯曲
变得慢如清流

母亲在叫我吃饭
而我仍在溺水
寻舟

老爷山

先人的坟头
被香纸点燃时
又一次看到了
对面端坐着的老爷山

爷爷,和爷爷的爷爷们
在他的注视下依次走入墓穴
而今,蒿草丛中跪拜着
我和我的父亲

许久,我才明白
他目光中蕴含的
无尽安详

这边,那边

一滴水
无法穿过孔隙
正如,包容的物质
无法在被包容的物质中通过

我有着无数的温柔与诉说
也有着逼仄狭窄的心窗
一边是海
一边空空
如也

采花贼

月亮有时藏在树后
有时探上窗台
月光很白时
会轻轻翻动女子的身体
让更白的部位露出来

采花贼深谙此道
他借着月光的轻盈翻窗而入
再借着月光的温柔爬上床帏
此时,月亮便躲入云后放风
或者从云里倏地钻出
提醒贼要赶快撤离

当采花贼被官府捕获后
夜里,闺楼上。隐约的呻吟
再度传来
月亮开始独自作案

庆　幸

那年那夜，他沽了酒
邀饮，最后却只成全了
一个人的忧伤

我已戒酒多年
抵御寒冷的动力，来源于
眼前的万千灯火

我扶起他，送他回家
之后再送自己回家

我把他的失恋归结为一次不幸
我把我的堕落归结为咎由自取

他会继续喝他的酒
倾吐他的忧伤和无奈
我会继续戒酒，送他回家
继续陪伴街灯和夜色

我们庆幸彼此之间
没有过多的共同话语,并相互
尊重了这么多年

桃花墓

听说这片桃林里
去年埋了一个男人
听说那跛子
生前没有亲人

四面全是桃花
没有墓碑
坟前插一枝盛开的新桃
不知献花人是谁

太寂静了
我怀疑他听到了
踩在枯枝上的脚步声
我怀疑背后的桃花里
有一张人面
我怀疑那个献花人还在

走出桃林时
我甚至怀疑
自己就是那个献花的女人

运 势

算命先生说
我的运气会在中年后变顺
没有具体日期
没有征兆

在时间与车流画就的
经纬里,一个人在移动中等待
另一个看不见的人
前来认领。
不能呼喊,不能道破这个
沉重的天机

这次我微笑着走开

蓝色伞下,女孩的马尾
轻盈地摆动。
驱车经过,我似乎尝到了
甩过来的蓝色雨滴。
没去看女孩的长相。这是
我和马尾
之间
悸动的小秘密

雨中杏谷

花朵拎着水滴
青草托着氤氲
鸟声是诱饵,群山配以大雾
来吧,渴望忧伤的人们
他们愿意无偿隐去你的名字
春色布置的陷阱,如此
浩大,且精心

熟悉的场景

父亲拉开了客厅的窗帘
背着手,站在早晨的第一缕阳光里
在服下降压药后
他转身走出房间,开始晨练
桌面上剩下
半杯透明的白开水

这样熟悉的场景持续了多年
其间,我成了家
——且再次成了家
我搬到了新的居所,更换了工作岗位
女儿一天天长大

此刻,我端起杯子
服下了平生第一粒降压药
阳光里,视网膜上的灰尘渐渐清晰起来
我想,父亲此时,应当正好
放下了另一只杯子

他们的意外

遇见桃花是梦里的意外
遗出精液是梦外的意外
关于妻子的流言是久无消息的意外
蚊虫叮咬的红包是拖发工资的意外
讨薪被劝返是愤怒后的意外
骑摩托归乡是风景中的意外
在不同的城市辗转是无从选择的意外
脚手架上喝啤酒是为了提前庆祝意外
他们的出生是最早的一次意外
他们的孩子是意外中的意外

原 谅

每写一首诗
都是在原谅一个人或一件事
比如光天化日下的抢劫
比如夜与色编织成的敲诈
比如一段被长久愚弄的感情
比如妓女
比如小偷
比如愤怒的杀人犯
我原谅他们
不论是图财还是用色
每个人都有挥之不去的眼泪
每项罪都有其俯首待宰的一面

唯有将这一切原谅完毕
我才能躺下来
开始原谅自己

车流时代

那么多车灯呼啸而来
那么多孩子在轮胎下玩耍

影子碾过影子
时空于抖动中维系着
精确

我开始计算
成功穿越马路的概率

我竖起风衣领子
试图
将肉体
包裹成钢铁

喊完他们吻在了一起

他问她
你爽么
她问他
你呢?爽么

他们对视一眼
同时松手——
啪
楼底发出了
啤酒瓶碎裂的声音
他们同时对着楼下
喊
你——爽——么

一个人

一个人
总不免被夜晚囚禁

早晨,让光把窗帘撑开来
慢慢撑开所有的
绿色

然后,再慢慢合上
于是
春天便成了一个人的珍宝
于是
一个人
便可以守着所有的夜晚

嗓 门

这辆摩托车旧了
满身划痕,修了又修
我叫他小老头

每次扭下油门
轰然作响,却总是
慢慢腾腾

我想起了
酒桌上的那些老男人
他们叉腰端酒
扯着又长又破的嗓门
喝不下一杯

放学,一起接女儿回家

铃声重复响起
你的提醒不厌其烦
拖曳着幸福的影子
如同拖曳着沉重的余生

当如何占据和保护
这一点点构筑的堡垒呢
你的城已经打开
而我仍然无力竖起
生活的大纛

在约定的地点徘徊时
正看到你左顾右盼
穿越着一道道阻隔的车流

夕阳下,校园里
女儿张开翅膀,向我们奔来

第二辑　分裂（2016年）

近日诗观

我的诗越来越短
他们批评我,剥去了
它的华裳

无论如何
不能让它
再长出
祖先一样的长毛

丑陋与隐秘处
我会用吻来盖住

情感的样子

小时候，抓鸡时
鸡"咯咯"地跑开了
多年后，抓你时
你"咯咯"地跑开了

摘开眼罩
阳光下的情感
碎如
一地鸡毛

寂静里

月沉下去了
鸟沉下去了
所有的声音沉下去了
寂静里
我们打开手机,如同
无数散落于秘境的
萤火

此时,性器与思想
永不承认孤单

再次作别

提起家乡
他再次燃起一支烟
这是否意味着
需再次拣起废弃的行囊
是否,如当初挤入这城市般
重新挤出些惆怅来

渐已立体的归宿感
今夜被乡情扯做长长的风筝
这头,连着明天的梦
那头系着爹娘,和那片
褪色的山水
转身将妻女睡前的模样
贴入清晨的朋友圈
踏上久违的列车
回家,还是再一次
流浪与作别

无眠者

脚步声在床前终止
手机没了消息
多少分贝的电视
才能抵挡住秒针的侵扰

无眠者甚多
都在独自无眠
安静的是影子
不安的
是另一个影子

试 着

试着
去捕捉一些意象
光借机穿过我的掌心
之后，绕成了
你的样子

我在黑暗中渐渐失重
你在明亮中
开始流散

在你仅剩
半张脸庞之时
你的唇
和我竖着的食指
说不出
是谁先吻了谁

昨夜的咖啡

在靠窗的位置坐下
既然没有合适的人
就让对面的座位
陪心一起空着

错过了晚餐时间
只剩下入夜的拿铁
在若即若离的轻音乐中
慢慢搅匀白天的伤痕

想让一切变得安静
尽管知道
这安静只是由
窗灯和夜色构成

而我仍然愿意相信
玻璃上映入的
不是迷茫的影子
而是还未离开的青春

当怎样继续前行

——以此铭记巴黎恐怖日

在巴黎的街巷
在巴塔克兰剧院
在法兰西体育场
他们撕去了魅影的面具
子弹仅飞了一小会儿
血泊便扩大至
整个瞳孔

四周口眼空洞的
全是尖啸中的冤魂
活着的
又当以怎样的决心
在殷红的视线中
踉跄前行

又是黎明的雾

你知道我的诗去哪儿了
你知道昨晚丢失的一切
黎明的雾隐匿了恐慌
心跳渐远

又一次转过头去
我的吻落在醒来之前
掀开被角居然又是黎明的雾
雾中露出手脚的是谁
一闪即逝的眼睛

请求的力度刚好是
起身用去的气力
我拧开龙头,伸手掬起
彻入骨髓的无奈
渐渐传来了
你的体温

你的样子

整个夏天
都在望着发了霉的白云
发呆
我怀疑,此时的思念
是否也已不合时宜

如果白云幻化成你的样子
直到今天,我仍没有
做好这样的准备

虞美人花

夜色沉寂至最落寞时
我仔细看清了
两千年前
你殷殷滴血的模样

无 题

1

耳麦里的笛声传得很远
起吟时,它会噎上几噎
等我一等

2

一分闲,二分茶,三分春色
剩下的全作了留白

3

还不够,再加上床头整夜的灯光
和待抚的月光

4

无需邀请,你想来就来
不必为了爱

5

若做了爱,就再听听
窗外的流水

悼念诗人马新朝

1

这个秋天仅剩黑白两色
我提前收获了怀念

2

除了拣起一把遗落的武器
我们没有任何交集

3

你驻守于此
我奉命继续前行

2016年第一天

我开始痛恨
这无比明快灿亮的世界
这无法倾听风和心跳的日子
以及,这产生不了一个虱子的身躯
而暗青的血液
自顾于光洁的皮肤下封闭流淌

为此,我必须在今天
留下一首诗
并非叹息这渐渐佝偻的脊骨
只想知道
需要在时光之河中浸泡多久
才会腐败成先哲的味道

这样屈指可数的间隙,或任何
无益于留下气味的记号
都应当小心跨越

这次,我想慢点吃

当又一个春天到来之际
岁月,骤然流逝

此刻,我正端着青瓷碗
望见母亲的身影
从健壮的乡村
一路蹒跚至孱弱的小城
许多景象,许多人事
匆匆变幻
唯有我和她
依然如多年前一样端坐对视
依然在她的笑容前
吃着鲜香的清汤饺子
只不过这次
我想尽量慢点吃
和母亲额头皱纹的舒展
同样慢……

我们的桃花

在南方
桃花早已开透了吧
此刻
若我的心,加你的梦
必也能开成桃花的样子
我愿意,用半生的苍白
去托举你今夜的一轮晕红
倘若你也恰好醒着
便在这夜色里提前开了,好么

这样的恰好
或许只有一次

那么,便可乘着白天
依次去欣赏他们的绽放了
而我们,已然看惯春风
则可相互祝福着
老去

念

1

轻轻躲开了
那个吻,让我猜你
幽居的心事
我猜,是春风中
颤抖的那枝

2

车灯懒散地射向天空
未知的光年里
你教人日夜不停
将头颅仰着

3

抓不住相遇的分秒
只好截获,一船的星
让迅速划过的那颗
捎上,三桅帆
孤独的气息

4

尚未等到想要的消息
便在头像上重新吻下祝福
你仍旧，浅浅地
冲我笑着

能否发光

捧起星辰和捧起沙粒
没什么不同

当我渴望寂寞时
便驱散所有星云
当我渴望你时
只捧回其中最蓝的

至于你问我
手中的这颗
能否发光

亲爱的
若我闭上眼
一切都能

仍旧信任着春天

清脆地听到了
骨骼碎裂的声音
这是由北至更远的北极
冰层下不可遏制的张力
一切都在蠢蠢欲动
枝条、藤蔓甚至是野草
与蛰伏的内心一样,饥渴无比
倘若再来一阵微风
大地便会跟着翻转
再次将绿色,面向生灵

我终于原谅了冬天
总会有一段岁月
漫长而浩荡
如冰河般苍白

我仍旧信任着春天
恰似人们的笑脸
年年僵冻,却又年年
挣扎着苏醒

走,寻花去

缕缕心事
全抵给了正午的时光
想你的模样
想你昨晚坚强时的模样

走,寻花去
半山腰乍放的
墙角边丛杂的
土壤里冒尖的
天空中翻卷的
今夜,我会把
所有花开的形状
一一点吻在
你的脸上

我的颜色

亲眼看见
一些花，带着颜色颤抖
卷曲着开放

亲眼看见
一些花，褪了颜色飘落
柔软地死去

今夜，我仍然拥有
颤抖的颜色啊
仍然在花开的时节
无限悲喜

有时,也会抑制期待

没有比天空更明净的脸了
五月间,无风无雨
咫尺亦是天涯
灵魂没有派出斥候的习惯
脚步率性而往复
我期待夏日时
夏日便从高处的柳隙中
垂泄下来

有时,也会抑制期待
没有你的消息时
我正于食指的尽头
抽出撕去扉页的那本书
(失去的那页写着什么?)

或者将其揣起
一起穿过清脆的车流
藏身于又一个
即将熄灭的黄昏

水 滴

于夜色中悄然开放
睡裙翻卷得没有边界
它的包裹,它的隐匿
使我罪加一等

你接纳我的礼物时
我乘机接纳了你
我们耐心地拆解着层层包装
挣扎、旋转着
一个飞升,一个下坠
在我头顶,你终于褪变成为
尖叫的天使

欢喜于我

八音会的唢呐手吹响了

祭祀先人的第一声

那些从泥土中扯出的嘶哑

一度为我所不齿

多年前,他便把调子吹歪了

多年后,他仍然随心所欲歪着头吹

夜色降临时

唢呐手越发兴奋起来

他是如此满足

一对鼓胀的腮帮子

轻易便装下了一生的欢喜

而我的欢喜

不知要刨开多少篇

无法吹唱的诗章

才能找到

我只怀揣一种悲悯行走

有一万种武器
便有一万种武功
便有一万种杀戮的方式
便有一万种鲜血浇开的野花
而我只怀揣一种悲悯行走
于长平之地
于南京郊外
于无数无名的墓碑前
屏住呼吸

山很青
天空没有泪滴

相比之下

和坟前的纸花相比
山坡上的野花要羞涩许多
和活着的人相比
死去的人要羞涩许多

候　鸟

泪是咸的
当水在云朵上
折射灵魂时说

城市自行搭建着高速时光
我们使用的色彩
过于明亮
数不清，夜幕下层层的灯火
小时候，同样数不清
满天困惑的星光

候鸟无法飞越这里时
我们便成为候鸟

最后的最后

太阳坠下,山还在
飞鸟远去,枝还在

时间将记忆
一层层卷起
又一层层拍散
最后的最后
仅余一些
不知来历的名字

那 年

那年,校园外挤满了油菜花
那年,自行车闲靠在浅蓝色的河堤
那年,长长的路没有一辆汽车
那年,裙子般羞涩的白云
那年,绿如邮筒的每个夜晚
那年,五根弦的吉他
那年,你们的身影
一弹就跑

由黑到白

傍晚，高速服务区
人声鼎沸
旅人的身体在平行的车灯中
或来回切割
或放平了小憩
或吐弄着轻佻的烟圈
或将时间
埋在柔软的泡面里

这里是临时的避难所
稍后，车辆将陆续
驶入疲惫的世界
无论回家或天亮
生命都将继续旅行
由黑到白
由挣扎到平静

看望聋哑学校的孩子们

来到这世间
绝非偶然
所有的咿呀
都在试图诉说什么

我深深地愧疚
在于
无法融入那些灰色的梦境
无法获悉生命最初的质感
和变暖的秘密

渴 望

雏鹰巢穴边望着
俯冲而去的母亲

文竹贴向玻璃
玻璃外是草地

少年独自爬上山顶
那里有一颗亮星

镜前的女生
反复转动裙摆

工棚里的男人
翻动剩余的日历

两只斑鸠

屋檐上静静对视的
一只是斑鸠
另一只是
泥塑的斑鸠

你是我的结局
更是我,飞不动的影子
所有生命流干泪水后
都将长伫于此

雨中,你不啼
天晴,我不鸣

致蒲公英

张开羽翼
只有薄薄的风
单足回旋
已足够起飞

目送我
摇起在晨光里
你不必惊慌

我已将生命放至
最轻……轻得
没有了血肉
没有了墓碑
连影子也消失在
浅蓝色的
天堂

端 午

1

我在北方
你在南国

我们之间
不远
我沉沦于水面
你摇曳在江心

2

汨罗江上
千舟绰约
鼓乐搣搣
究竟是谁
将你的忧愤
酿成了
欢乐的海洋

魔兽世界观影感

光明源自黑暗
黑暗涌现光明
每个生者
心中都有一扇门
从一个家园
堕落至另一个家园
失去儿子
找不到爱人的尸骨
刺死爱戴的君王
这些之上
仍需，继续寻找族人和
自身的命运

入侵的战鼓隆隆逼近
世界和灵魂均已破碎
守护者拔出魔鬼巨大的阴影
黑透的眼眶，滴落了
最后一丝悲悯

悬空寺

穿过最后一层走廊
听到自己的心脏
在木板上留下了回声

六面都有风
脚下的风是踩出来的
头顶的风,紧贴于脑后

瞬间领略了千年
战战兢兢
我们侥幸
在前人枯朽的骨骼上
站稳了生命

下班路上

下班路上
正午时分
短短五百米
两边的商铺,全都
可怜巴巴缩了水
炽热的阳光
将多余的念头,无情地
摁回脑壳

我低头疾走
佩戴党徽

门

一层,一层
我打开,再一层的门

白天开一层
夜晚开另一层
与你开一层
与他开另一层
回忆时开一层
梦想时开另一层

每开一层门
便吱吱呀呀作响
透入不同的光
拉伸着,不同形状的影子

若我关上门
仅需一层,且无影
无声

身 影

躺在床上
一节节收紧脊骨
最后一次睁眼
方见窗白

打开衣橱
尽是我
排列整齐的身影
在你走后的第三天
他们变乖了

楼前的侧柏

楼前的侧柏
在夏风中轻轻摆动
它安静于此

当我还在为生活
苦苦纠结之时
它已成为几只灰雀的
庇护之所
十五年
它在我的面前
悄然呈现了
俯视、平视到仰视的
全部过程

午 门

1

这里落差最大

2

从这里穿过的
有两种人
掌控生死,或
出生入死

3

真相多被吞食
唯有朱红,才能
将其慢慢消化

梦中的眼泪

许久未曾流过泪
人已渐入中年

这一滴
究竟来自何时
醒来，当我站在镜前
她轻轻粘在
右边眼角的睫毛上
她定是
梦里遗落的瞳孔
不然
为何那般深
那般黑

我们就这样僵持着
许久
她都不肯下来

避雨的人

淅淅沥沥的雨
下着
被逼入屋檐底的
不只有我
还有一个送水人
他的眉间,紧锁着
一个"川"字

我"哧"地笑了
我们都有一颗
夏天的心
却提前害了
秋天的病

你的影子

从未设定过时间
一扇不闭的窗
任你进进出出
我的心
无畏地敞开着

早晨,衔晨光而入
夜晚,带着忧伤飞走

瞧,我的屋里
满是你
停不下来的影子
从一个夏天,一直扑棱到
另一个夏天

偶遇网友

他在一间办公室粉刷墙壁
我们已十多年未见
自打离开那个
名叫"新世纪"的网吧

工作枯燥吗
不,我当天花板是电脑屏幕
累么
不,和打怪升级那会儿比,这算什么
怀念以前吗
不
他收起了笑容
转身点燃一支烟

时间慢慢缭绕起来
他的工作服上,溅满了
白色的斑点

同样在雨中

撑开伞
慢慢行进在雨中
其余的世界
渐被记忆淋湿

在通往山顶的路上
你说你刚满十八岁
我说好啊
看谁
更年轻一些

那时同样在雨中
我们奔跑
向远山索取对方的名字
那时的身体与心
同样湿着

再从容一些

一只鸟飞过
天空与时间
同时慢了下来

我的目光
它改变了
一些固定计划
——还有
上次想去的地方
原本希望
荒芜一些

当半小时后
终于通过堵车的路口
全都变得
不那么重要

这排长椅

无人憎恨你
因此早被世间遗忘

骨骼一半埋于地下
一半丢在风中

仍然期望
能感知上帝的体温

人们坐下,起身
再坐下,再起身

无人问好
无人在离开前祝福

你吱吱呀呀时
阳光明媚

大槐树寻根

令人掩面的传说
无数脚心的脉络
全指向你

六百年前
百万良人哭泣道别
身后秋风寒鸦
一树呜咽

此后
凡你之外的生
皆是献祭
凡你之外的死
必因思怀

归来
且听你劝一句
有槐荫处
可做坟

不知如何回答

她叫宋雨,5 岁
这是 2016 年 10 月 2 日晚 10 点
晋城市凤台小区小吃市场
她和女儿快乐地玩在一起
她们在空荡荡的摊位中
捉迷藏,在旧三轮车上
玩着你拍一我拍一
她和她的妈妈
从很远的地方坐车过来
而我们,即将离去
女儿要我答应
明天再来这里玩耍
我不知如何回答
我用手机录下了一段
适合二十年后
回放两分钟的
友谊

两条鱼

一夜的水
从鱼缸滴到梦里

是谁圆睁双目
欲借黑暗将世道看清

是谁举着缺氧的唇
静候肃秋的审判

一条在囚禁中被放逐
一条在放逐中被囚禁

任何关心都带有自私
任何教喻都包含欺骗

我们必须小心严守
死亡与繁盛达成的协议

唯有静谧地相对
才是最好的悲悯

那时的幸福

时光的弹壳纷纷溅落
最后迸出的
是童年
是对于故乡最初的感知
是山坡上的老屋
是老屋后的菜园

蔬果什么时候成熟
蜜蜂什么时候飞走
浇水的孩子什么时候
跟着爷爷回家

此刻看到的幸福,那时
竟浑然不知

无人叫好

行头有了
鼓点有了
器乐有了
翎子和靠旗有了
舞台搭好了
你得意地拈着那根蜡杆枪
重彩画眉登场了

一声号令
台下
竟无人叫好

跳　绳

初秋的早上
洁净的校园
脸颊微微泛红
脚步，齐刷刷地清脆
泛光的辫子上
阳光跳跃
她们会在失败时
羞涩地笑笑
然后整理好绳子
轻轻再来一回

草木颂

那么多血腥我都看不见
那么多穷困我都看不见

这激荡的情怀,每欲高过水面
总被一些事物扯下来
他们赠予我面包、钞票、家
还有一个会叫爸爸的小女人

最后连对草木的悲悯也消失了
它们每死亡一次
我都会写一首诗,来赞美它们
平凡且不逾矩的人生

认　罪

脖子上挂着空瓶子
被勒令登台认罪
这是十二岁的孩子
课间偷喝啤酒的下场
李姓政教干事的胡须
兴奋地抖擞了一个晚自习
阵阵哄笑中
男孩将头压向脚面
腰身绷起

这个酒精肝患者
每喝一口酒
都试图将酒气吹向
二十年前那对
八字须

夏日偶书（组诗）

背包客

一个背包客从身边走过
我和他同样浸泡在
五月的空气里

我们渐渐被快速生长的绿色
拖入各自的背景

他带走了
我会发亮的一点心思
我看到了他将要走过的
困境与开阔

她们走了

两个孩子很快玩在了一起
我们试图围绕孩子进行一些交谈
乳名、生日、兴趣或别的

时间不紧不慢

偶尔沉默时，孩子们的笑声
便适时穿插其中

女儿采了一片叶子过来
我说应该送给阿姨

她们走了
我没问名字和住址
女儿独自荡着秋千
满脸失落的感觉

凉粉摊

没有风
午后的阳光变重了

遮阳伞下
一个凉粉摊
女人在伞下站着
她没有叫卖
也没有行人经过
凉粉很白
天上的云很白
女人的胳膊很白

我在阳台上站着
忽然想起了

要收衣服

两个女孩

水上公园的巨鼎下
坐着两个女孩
正在谈论着什么
她们在沉重的背景中
浅浅笑着

我猜她们还没有结婚
仅有的重量
还在水中摇晃

雨后街头

雨停了
天空残余的水滴
开始燃烧
行人收起伞具
车辆轰鸣
女孩的笑声
混在放肆的音乐中
难以分辨

我的肺腔和皮肤
还未及褪去潮湿
滚滚红尘

已然从地面和天空
同时
席卷而来

日落之前

我在看云
看他们一点点被天空
压向大地

一些风吹来
一些鸟儿兴奋欢娱
一些孩子在水泥地上玩耍

稍远的地方
车辆阻塞了路口
年轻的母亲告诫孩子,不要
跑到马路中间去
我的耳膜充斥着更多的声音
短促、安宁

走下小区的斜坡
黄昏与暗影再次分割开来
最后一阵微风
在日落之前偷偷吹完

第三辑 残留（2015年—2010年）

唯 独

一切都可以被冰冷葬送
唯独梦不能
一切都可以从梦中剥离
唯独你不能
无数次穿过失去的早晨
唯独,心
不能

空相框

你的眼睛深陷下去
仿佛要挣脱躯壳,回到过去

春天还没到来就凋谢了
河水还没浸过身体就干涸了
我需要你说出来,把春天、河水
和你的委屈说出来,你却拿起笔
在写什么,一笔一画
写完擦掉,擦掉再写……

你终于慢慢站了起来
对我的呼唤置若罔闻
转身隐入黑暗

相框空空如也
我的泪,无处可滴

雨中的思绪

春雨不是今天才下的
南风是从心底吹起的
田地是打爷爷脚下变绿的
这是我骑在他肩膀上看到的
柿树沟的水润了起来
我的右手过于小心
如果能抓住更小的螃蟹
就能抓住片刻的童年
弯身的倒影温暖着
溪底的沙石，水声涨响
半山的桃花笑了

我将窗外的雨雾合入眼中
爷爷"喁喁"的吆犁声
渐渐远去

将爱刺穿

一把剑唯有在背后
才可能刺穿我
一把剑唯有刺穿我时
才可能,掉转,刺穿你
我们是凶手兼受害者
我们对彼此的理解
需用剑来贯通

终于可以含笑面对
我抹去你嘴角殷红的怨恨
你缓缓地,将这宿爱
再插得深一些

心 事

1

这些年
你的名字越来越轻
轻到不能抵御
一声怯怯的呼唤

2

风与血渐凉,远离
远离与你有关的一切
时间将那根肋骨
一再打磨,直至感觉不到
任何抽取之痛

3

漆黑的夜里
终于看清那些磷火
——我们,仍在
旷野中蹿跃

填 满

把毛边纸翻过来
继续练习

我需要填满空隙
让茶水填满胃
让绿色填满蓝白的五月
让字迹填满字迹
直到辨认不出浓淡
与新旧
直到任何地方都插不下
你的名字

莫 非

为何山如斧劈怆然向背
莫非,你已痛醒发誓坚决
为何车灯不再跳动明灭
莫非,你已欣然忘掉一切
为何万叶飘零平静安详
莫非,你已放下所有执念
为何旅途平坦阔通无阻
莫非,你已找到新的起点
为何明月成霜空旷高悬
莫非,你已随之渐渐皎洁
为何道路单行无法掉转
莫非,我们均已回不去从前

探望女儿

当我撩起她低垂的发绺
噢，那是一杯水
在这个
被淡蓝色忧郁
点染的清晨

你来自何方
我们之间究竟深埋着
怎样的空白
你怯怯地靠在
这不知所措的胸前
羞于开口，去唤
最平常的称谓

故 乡（组诗）

1

门前的石砖碎了
崖边的老槐枯了
又有几间糊稷房，坍了

杂乱的檐草，如未剪的蓬发
小院残破，不见了门牙

每分娩一名游子
便荒老一次
每等到一位归人
便返绿一程

我痴痴地唤你，妈妈
深陷的井眼
早已没了泪水

2

中年了
总做着儿时的梦

那门前的古槐
和古槐前的石阶
总是一遍遍
走着，绕着

远远的
是奶奶的声音
在斜坡上唤我的乳名
在屋檐下等我吃饭
盼着，哄着

静静的
是屋后的山崖
登上去依然能看到
夕阳下起伏的村庄
明着，暗着

还看到
那个蹦蹦跳跳
悄然茁壮的身影
有时乘风飞向远方
有时又被记忆
吹回到从前

3

初冬时节
再一次回到故乡

她变远了
走得近的是故乡
走不近的是时光

她变满了
装得下的是故乡
装不下的是忧愁

她变冷了
捂得住的是故乡
捂不住的是荒凉

初冬时节
我在故乡的蒿草中
思念着故乡

乡 路

幼时
她踮着我学步的脚
我浅浅地扑倒在她怀中
一会儿哭,一会儿笑

稍大些
她随我的想象一起延展
我拽下她头边生长的柳叶
吹动放学后天边的云霞

再大些
我疯狂奔跑着诉说烦恼
将同桌女孩的名字
在她的额头上
写了又擦,擦了再喊

而今
她羁挽在我胸口
牵扯着欲行的步履

当记忆一圈圈勒紧时
我如同一头
拉着故乡的耕牛

女儿发烧的第三晚

医院无处不在的白色恐惧
在午夜慢慢袭来
寂静中偶尔吱呀的门扇
如互噬的灵魂般刺耳
疼痛既然无法剥离
便从天花板向四壁延展
爬满封闭的空间后
并作爱的锥刺
扎入困顿的后背

我起身亲吻湿漉漉的小脸
暂时离开这熟睡的人儿
在无尽幽暗的走廊中
时间和脚步一同
测量着下一波揪心

记　忆

远的
更远的
一点点揉碎的
荡漾中撕扯着的
影子中又一次开花的
与风一起强弱的
孤独时加紧蚕食的
细细哭泣着的
记忆——

总在倦怠时，捂住
我准备
长长出气的嘴

"别睡"
她说

醒 来

曾经，当说出
第一个颓废的字眼
我惊恐地用食指压住她的嘴

同样，我也不敢
将片刻的幸福
在她需要用爱肯定时
轻易地说出
一次次
除了从背后紧紧抱住她挣扎的身躯
我
什么也不敢
什么也不敢

当咬破了下唇，
才看到
窗帘在夜风中半掩
她已消失了很久

饭前的电话铃

电话铃响起,又挂掉……
这已经成为习惯
渐渐苍老的母亲
在提醒我按时吃饭

十年二十年
三十四十年
我努力从年轻中走了出来
从失败的爱情中走了出来
从无数挫折中走了出来
却一直没能走出
母亲弱小的怀抱

推开门,她系着围裙
坐于桌前,微笑如旧
我进门的脚步,瞬间
变得很轻,很轻

廊桥,又一个朋友

门前的廊桥
于早晨弥漫的雾岚中
轻轻摇动
青灰色的吊角飞檐
有意垂落着
彻夜编织的雨帘
这水泥为肉,钢铁为骨的时代
唯独她可以在波光里
荡漾出窈窕

但我看到了其中深藏的骄傲
常以安静的卧姿
蔑视入云的楼宇
悄然报以注目礼后
我长长地吐纳
继续从喧嚣中提炼着
更深的孤独

忘了是周末

自电梯口返回,打开房门
检查液化气和窗户
再次关门
返回电梯

街头空旷,道路变绿
水滴穿过身体
记忆开始苏醒
雨刮刮器摇摆,城市在模糊中清晰
同时踩下的油门、离合与中枢神经
哪个应当先放开

鸟鸣
我想不起
此行的目的

雄 鸡

她们习惯在荼蘼架下
安心地生孩子
那些困顿的阳光
足以让全世界缓缓闭上眼睛

偶尔,我也会抬起右爪
将威严悬停片刻,以回应身边
"咯咯"不绝的诉求

有几个开始比赛了
她们奋力扒着脚下的泥土
扒着细碎且潮湿的生活
春天给了她们用不完的激情
虫子已然苏醒,葡萄熟了
一同苏醒的
还有藤蛇

这里只能有一个国王
这里也只剩
一个士兵

山行访友

那些来自数亿年前的岩石
开始注视
这个渺小的不速之客
踩着落叶,我小心通过了
易于埋伏的地段

风渐渐拂去雾岚,四面全是
倒插的肋骨,峭壁取代了天空
我大声呼喊
从期待一个人的到来,变成
期待一座山的回答

萧瑟中,恐惧渐渐消失
当群山俯首
当阔大的寂静被我收服之时
朋友出现了
他夺走了我的王冠

太行山

只有等到雾散人静
她才会
将条条肋骨和皱纹显露出来
那些年
已有太多的儿子
死在了怀里
她努力勒紧衣襟
不肯向敌人
交出一寸肌肤
起风的时候
需要更加用力地
咬紧牙关
风停。她抱紧我们
"不必流泪
不必对着岩松和希望流泪"

奶 奶

她细细摩挲着
手边一切细软的东西
丝质的面料,或者
银灰的丝发,要不
便将枕边的几件旧布襟
叠好,包起,解开,再叠好

每天大多数时候
她的眼眶被浑浊的白占领着
偶尔喃喃自语
重复的名字,全都
来自墓穴深处

午后的阳光很静
她的目光潭水般清澈下来
她对着我
轻声唤着父亲的乳名

你的目光

即将抵达午夜
这样的时分无需晚安
轻轻关上窗便是
尽管你并未如往常般
等待于楼前那颗银杏树下

可我仍然感觉到了你的目光
这次以月的名义
在窗外请求着
问我冷不冷

孤 独

1

留恋阳光时
夜,太长
渴望夜色时
昼,太长

2

蹒跚地穿过黑夜
等待我的是喧嚣
而非温暖

3

所有的花都落了
才想起
栖息过的树枝

4

叶子黄了
野菊花也黄了

我的秋
在凋零中盛开

平安夜

灵魂在不绝的车流中
渐渐平静下来
窗外的月分外朦胧

此刻,万物都在拥抱
纠缠中的影子亦然
爱与恨有多深
祝福和无奈便箍了多紧

静听麋鹿的蹄声
踏雪而来
带着细细的铃音
带着潜藏的渴望
带着均匀起伏的山峦

我们点一盏小灯
守着困顿
轻轻道着平安

列车穿过隧道

空间徐徐拱起
我抱着女儿
瞬间闯入了黑夜

灯光划过她的瞳孔
手心里
小拳头在攥紧
我嗅到一丝恐慌
轰鸣来自世界的那头
无尽低沉

当再次看到阳光时
她仍然张着嘴
望向窗外大片的田野
半晌,才怯怯地叫了声
爸爸
仿佛刚刚一起,穿过了
一辈子的光阴

老 宅

思绪飘在晚间

我搜寻阳光遗留下的喧闹

久久沉溺于故纸堆中

细听先人辗转于地泉的呻吟

听着魂魅的乐章

流不出眼泪

眼泪只能打湿心灵的抽搐

从世俗的迷雾到宇宙深邃的黑洞

只有孤独的回音

我躲着人们的影子

把最后一丝灵气偷偷藏起

妄题李清照

想那黄昏时分
醉了酒
弃了舟
登了楼

这楼实在高
打开西窗
风一吹
脸儿便瘦却三分

白日南渡
梦里北归
眼底新愁
心头孤病
生生遗在了
建康城

数星星的孩子

月亮升起时
太阳,就躲了起来
他们俩约好了
不再见面

天上和我一样
偷偷发光的
星星,为什么
那么多

我于父亲

悠扬的琴声中
他慢慢舒展着眼角的皱纹
仿佛大半生的时光
仅仅弓弦那么长
他喜欢闭上眼睛拉
不知是在怀念
还是在忘却

退休后,他的脾气越来越差
唯有琴声停止的片刻
他才能认真地盯着
我泛白的鬓角
不说一句苛责的话

好 的

这并非理想的场所
一排旧石条凳,两棵垂老的柳
四下幽深
如一尾猫般,我入夜寻来

借着月光,仍可看到
残留在石阶上的影子
向林梢望去
一眼便是秋天

园子很大
思念的入口很小
试着与你对话时
蝉声四起,嘶扯着儿时的恳求
他们将你的童音
又保存了一年

那时并排坐着,我说好的
(你说了些什么?)

我们扯着衣角绕树玩,我说好的
(你说了些什么?)
你随父母离开的那天,我说好的
(你最后说了些什么?)
所有的面孔都旧了,包括后来的
此时,你还想对我提什么要求

"好的"
我对着昏微的记忆,说

漫步于此

每次回到乡下老家
都要在这条路上走走
每次都会寻找上次的记忆
或者，更早的记忆
而今漫步于此
已记不起是第几次
道路由窄变宽
树叶黄了又绿
足迹寻找着足迹
忧愁覆盖着忧愁

我的身影渐渐斜长
却不知，拉长它的
是夕阳，还是时光

年

焰火绽开一朵
寂静——
庆祝一次盛大的死亡般
又一朵

女儿正于眼前
试穿
我用过的童年

红色夜空下
父亲的二胡
又缓缓拉长了一节喜气

此后的每一天
都如这夜空中的红色
在眼瞳中四散
年
仍旧不请自来

取 暖

在最疲惫的时候
总是无话可说

灵感出走
又被冷雨浇淋
不得不,重新躲回
文字里

有个同样受伤的人儿
她寒衣湿透
蹲在墙角

终于下雪了
这是我们
相互取暖的结果

这一年,当如何作别

在逃离中等待
白发若追兵

将昨天堵上
用疲惫的臀堵上
用一场改变堵上
用你的决绝堵上

哦,多么美好的夜
请叫我行吟者
它掩盖了黄昏

哦,多么美好的夜
扯着长长的围巾
扯着长长的河岸
扯着灵魂

下雪了

一座山接一座山
一个人接一个人地
诉说你的悲伤

你的悲伤又掩盖了
多少悲伤

走出门再也看不见
那些悲伤

有多少悲伤
就踩下多少悲伤

然后静待一切消融

你教过书的那所学校已搬迁

站在这里停了下来
前方被工程墙隔开
许多约定变得无关紧要
你忘记了时间
我找不到地点

此刻
挖掘机正在刨开墓穴
深埋的记忆
即将破坏一空

那时我叫你小老师
而你叫我
嗳

还好
村口的老槐仍然活着
秋天回来了

远处,新的校园
又有了朗朗书声

当专注于时间的流逝时

看不见
自己位于视线盲区的鬓角
不知第一根白发何时出现
或许是某年某日某秒
在等某人的来信时
它们越来越亲密
丝毫未因向往年少懵懂
而有所收敛

卧伏在漆黑的夜里
那些欲飞的直立
总是
不肯安睡
我怀疑镜子呈现的真实感
停止呼吸
缓缓拔去一根,岁月
竟然有些疼

君兮说完我说

曾经我做到了
坐百里客车见你一面
现在我做到了
见你一面就离开

诗友君兮说
让远离的远离
让靠近的靠近
我说
让远离的靠近
让靠近的远离
也无不可

这和
有的人需要守一辈子
有的人需要一辈子去守
是一个道理

爱的漩涡

浩瀚的银河里只有两个人
男人,和女人。

不断奔向对方
又不断被虚空扯散
看,银河终于
转成了漩涡

有限的理解

将文字倒转过来
如同倒转你的身体

只能吻住其中的一部分
两个或第三个字

这些变幻的气味被暂时封锁
含义在挣扎

我只压住了你的字
别告诉你的名

浅秋,适合做什么

中元已过,燥热未减
适合登高
适合吹去几多烦恼
适合一群沉闷的野鸭
从心尖划向水面
适合两行扭捏的足印
携着爱走远
适合毫放几寸青丝
守或望,皆可

时间再度沦为看客
蝉仍在死去活来哀求时间
除却加餐、养奉、努力呼吸
我适合做什么

开窗,绿已深
秋还浅

今夜无蝉声

今夜未听到蝉声

我知道他们还活着

只是哭泣者越来越少

只是发笑者越来越少

他们在被雨水侵蚀的树影里

等待无所谓的结局

他们何时会坠落

他们何时会死亡

他们偶尔也会

在地上抖几下，颤几声

闭着眼睛仿佛好梦一般

秋真的来临了吗

跟在一个寒颤后来临了吗

我的臂膀环着

抱紧多年后的自己了吗

狗尾草

太阳升起时它的眼睛开始闪亮
牛过来舔了舔
羊过来嗅了嗅
阿黄过来摇了会尾巴，还有
白云、山雨、露水，他们
全都亲吻过它
许多小花在它边上
开了又败。
一个扎辫子的女孩
蹲下身来碰到了它
它努力挺直了头
它看到，边上最艳的那株山菊
笑着离开了它
秋风过遍，周遭再无花
除了它

下一个受害者

远远的,听到了犬吠
在初秋的夜晚
一声又一声

它发现了什么
不速之客?不法之徒?还是
不洁之物

吠声停止了
被杀?被催眠?还是
被一块肉收买

我裹紧了被子
裹紧了这个陌生的季节里
下一个受害者

坦 然

等待是恐惧的源头
我常常在秋风快要到来时发呆
仿佛看到排空之箭
飞现于瞳孔却无法躲闪
冷暖的转换如此急切
面颊的热气还在
腿脚已被凉意侵蚀
只能任由躯体
在梦境里钻进钻出
尽管时令不可挽回
内心仍包裹着不甘
生命常常是略带扭捏的
走向下一个季节

经历多少个年轮后
才会变得坦然呢
如果终将是自然的一叶
我不应当为窗外及鬓角边
即将泛黄的色调
而感到不安

倾 听

对着夜，我发出悠悠的叹息
你传来了回音，用山涧的风
这个时节，鲜有失眠之人
如果有，一定是那林中的精灵

如何知晓我的孤独呢
可以互为知己吗
于是来到月光升起的地方
在婆娑的树下，在羞涩的泉边
希望听到一丝秘语

风再一次吹来
带来了牵挂之人
均匀的呼吸

秋夜的街头

寒意渐紧的时节
仍不见黄叶飘落
我在过分期待孤独么
所有的调零
仅需最后一阵秋风罢了

漫步小城街头
氛围如此熟悉
面孔却如此陌生
欣赏着光怪陆离的凄美
亦痴迷于这陌生的安全感

在清冷中沉浸多长时间
才会想去渴求温暖呢
可能是下一个世纪
可能是下一秒
全凭需要被心疼的人儿
蓦然闯入的时间

谁遣海浪将你交还

天与地的接隙
谁遣海浪,不断轻托着将你交还

每一缕新生的梦想
同每一缕新生的绒发一起
在冰冷的额头,聚贴又浮散
褪色的躯体如此湿漉
带着妈妈的残爱吗
还是我的眼眶
早已不干
终于躲过夜晚的惊慌
你伏睡于世人起伏的心湾
沐着初升的暖阳
向着柔软的海岸

你是折翼的天使
我如失语的先知
海风携你的气息同至
带着略微沉重的

酸涩与不安

注：一名叙利亚3岁男童和家人试着偷渡到希腊，不幸沉船，男童尸体被冲到土耳其沙滩上……

当一首老歌响起

内心的足音惊醒记忆
当初看到、嗅到
和触摸到的,统统留在了
四分四十秒的听觉里

倘若,你正以同样的方式
在倾听——睡前的低音提琴
可否分辨,那沉沉呜咽中
我只是在某根弦尾
某处休止符后
紧紧屏住了
这么多年的呼吸

遥望宋朝

师师帐里
官家方走,草莽又至
他们也要做回雅士
而真正的词人
正负手空庭

汴河岸边的花石纲
将京师朴素里的奢华徐徐堆起
蛮族哒哒的马蹄声
再次远去

每起一阵秋风,边疆便瘦去一轮
花落多少次,王朝就剥落多少层

悠长拥挤的清明上河啊
我只远远看上一眼
那些吆喝声中睡去的青瓷
便在名叫"易安"的女子怀中
细细开裂

冷 山

那个男人吻别爱人
贸然奔赴战场
他在战火中迷失了自我
一边搂着同伴的尸体
一边用烟熏的面颊紧贴着故乡
哦！一本夹着心上人的圣经

那个绯晕未退的女人
于夏季的阵雨中失去了父亲
远方的炮声伴随着孤独的琴曲
寄出的信笺再无消息
哦！思念不断穿过苍白的手指

每个男人心中都有个冷山
每个女人梦里都有个英曼
如果能在冬日听到驽马的嘶鸣
必定有个赤裸的人儿
在等待亲吻你今夜的泪水

寂然合上爱人的眼睛
剩下的夜晚，仍需
用指尖，于尘封的往事中
擦出泛黄的名字

电子邮箱所终结的

当写信给你时
无需穿戴整齐
无需将思念折叠成熟悉的形状
封以凝血般的章泥
无需致敬
无需面对窗外的三桅船
计算漂流的时间
无需猜测你涌上心头的表情
是如何急切地奔向书房,取出
薄如心扉的裁刀
无需同时面对地平线,在岸崖上
深听海涛拍打胸腔
无需祈祷
无需

立冬感言

山河徐徐变色
繁华到朴素
总伴随着忧思
许久未曾
看到银杏叶子飘落了
尤其,是在无风的步道
它缓缓摇向我
恍如儿时
母亲轻推的摇篮

此后,前路未卜
自己的脚步
可否永远这般从容
当我贪婪地
想起归宿,想起土地
心头的温暖和勇气
竟在初冬时节
兀自盛开了几分

重复的痛

绵长的雨
冰冷的办公室
不断重复的生活节奏
这些都属于
被遗忘的部分
比如,将一朵花
插在无水的窗前
比如,将陈旧的气味
涂在手指和鼻尖
比如,你出走的那个午夜

是的,街头空旷
白雪皑皑
所有忧心、无助
全被滑倒的机车
死死压住
每呼喊那个名字一次
雪地上裸露的左踝
便再次
清脆地骨折

站在一片枫叶上看秋天

萧条已至
母亲衰老的纹路
先在掌心延展

无人告知绝望来临的时间
这并不妨碍人们
歌舞升平

现在仅余一片枫叶
可供站立
它将与我的双脚一起
冻僵、腐烂

最后红下去的
是一颗
不会移动的心

来,一起将情绪泡苦

昨晚的普洱
从泥土深处传来
诱人的腐味
借着冬的寒意
来,我们一起将情绪泡苦

你说世界不大
可弯儿太多
我说再喝一杯吧,起码
今晚肠子是直的

菜不多了
我们已经咀嚼下了
最苦的部分

没有起身相送,正如
没有将你留下

写给未来（组诗）

1

我猜，避难舰的栖身之所
必定无限瑰丽
——面对那些夺目的尘状星云
你在想什么

此时，我正凝望落日霞蔚
放肆燃烧着时间
热情还在，这点毋庸置疑
工作、学习、写诗、睡眠
条理清晰
我猜，你在发呆
是虚空带来的空虚，还是
我在信笺上落下的吻

瞧，月球已然浮起
思念开始洁白

2

你无法想象
那时的人们多么令人称羡
厌倦了世事
便可归隐山林
便可游学、卧醉
便可采菊、采薇
便可驭风、驭气、驭余生

曾经庇护过人们的地方
正在黄昏里衰老、消亡
又一座寂静的山林
又一条深沉的河流
还有,装满记忆的村庄

茫然四顾
时光已将我们推至虚无
左手怀抱蓝色星球
右手按压于胸口
——听,没有再比心跳
更加孤独的回声

3

离开这里,离开这巨大的堡垒
今晚

将撤向哪里
同伴们再一次消失

城市将天空圈起,翼鸟飞过新月
——又像是自己的影子
如果午夜不能安睡,未来
也不必
在月光变暗之前,我需要寻找
下一场灵感盛宴
同他们一起将积攒的情感
加温,饮尽,鲜血淋漓

4

去信告诉你占卜结果
神谕者掩面颤抖
我祈盼一场胜利
数千万年前
巨大的统治者们
曾祈盼过另一场
如今冰川日渐消融
物类再度濒危

这里仍可看到
潺潺溪流、晨鸟和森林
仍可看到农桑与秋收,除去
夜空中,你遥远的眼睛

好吧！我又在想象
你读这段话时的样子
我的名字将于下一秒隐匿

晚安——期待回信
我正日夜兼程，赶赴你
脆弱的出生地

诗集简评

（代后记）

　　张二棍　读阿登的诗，能感觉到烟蒂划出的明亮弧线，能感觉到啤酒瓶"嘭"一声飞起的声音。

　　是的，作为山西老乡，我欣慰地看到，他在现场写作，鲜活生动。他的诗歌语言，不是一板一眼的判决书，不是教科书般准确而乏味。

　　阿登的写作，是觥筹交错，是市井百态，是我们目击和经过的，而不是所谓"诗人"的表演。

　　张红兵　阿登用"污点"作这本诗集的名字，当然有很深的用意。《污点》也是收入该诗集中的其中一首诗的题目。是开篇之作（从空间上看），也是压轴之作（从时间上看）。可见这首诗在阿登心目中的分量。弗罗斯特在回答有人提问关于他的诗哪首最好时说，你认为哪首最好，它就最好。看似很滑头的回答，其实反映的是一个很深的道理，好的诗作，其共鸣率是很高的。我是早就注意到《污点》这首诗的，诗中"黑"与"白"给我留下极深的印象。在道家学说中，黑白相依，无所谓是非对错，只是一个度的问题，那么在阿登的诗中,白是什么,黑又是什么,那么多的白是否可以与一只黑的瞳相称?是不是可以这样理解:万事皆变,我心依旧。或者如莫言所言:心如巨石,风吹不动。管窥蠡测,取《污点》作阿登诗歌观察的样本,我认为具有很强的代表意义。

  辛夷 阿登善于从日常发现诗意,并以讲究的言语连接存在之思,使二者水乳相融,因而诗作总有迷人的质感。在情感处理上,阿登极好地把握了分寸,克制冷静,那是一种对人世深深洞察后的策略。此外,他的诗作多奇思,常有让人错愕惊叹之处。

  还叫悟空 阿登的诗写得有特点:一是他的语言不枝不蔓,干净,节制。这是优点,某个层面上也是缺点。我以为语言还是自然而然的好,就像一个人该有毛的地方就得有毛。二是他擅长从细节着手,展开,生发。一定上程度也可以说阿登是个细节控,跟我一样(借着点评阿登的机会表扬一下自己),我以为细节是最好的"修辞"。三是他多有奇思,让人叫好。比如有首诗写一个骑白马的人,骑得久了,人全白了,只有眼睛还是黑的。黑很正常,不正常的是他把眼睛说成了污点,不能不让人称奇。

  刀把五 花了将近两周,读完了阿登的诗集。读完之后,我想,读得还是太仓促了。这本诗集,值得我再好好读一遍。
  整本诗集,出彩的好诗很多。当然,也有一些诗趋于平淡,这里我不一一列举了。如果,你把每一首诗,分割开来,独立去看,似乎每一首都并不特别。但是,当你把整本诗集作为一个建筑模块去看，你会发现阿登有自己独特的内部逻辑。每一首诗都从一个侧面去印证了他的诗学审美和判断，精密而不可拆分。一首诗只能反应某一种场景或者思想碎片，但是无数碎片叠加，就会产生核裂变。

他的语言干净，情绪节制，不蔓不枝，废话很少。这是需要功力的。在诗里，他是朋友，是情人，是父亲，是生活的参与者，也是生活的观察者。在这个观察的过程中，他冷静地思考叙述和呈现。最终，这无数的身份，重叠成一个叫作阿登的诗人。

阿登是我的诗友，希望他也能成为你的。只要你愿意走近他的诗，他的人。最后，祝阿登在诗歌道路上越走越远。

陈华　好的诗歌作品来源于生活，而生活里的语言也是纯粹的。阿登是一个纯粹的诗人，其诗歌作品有着自己独特的风格，诗歌的铺垫、架构非常娴熟，进退自如，用真挚的情感搭配巧妙的构思，在平静的语言里融入真实的生活，如诗歌《事与愿违》：我只希望一种死亡的方式／实际上／却有一万种可能／多想有一万种活法／不幸的是／我必须选择其中的一种……短短两节表达了作者对世事的无奈以及生活的渴望，这种凝练的笔触，毫无疑问是会打动人心的。阿登的诗歌作品是积极向上且富有意象的，但仍有一些颓靡的文字，不管如何，对于一个爱诗的人、喜欢优秀诗歌作品的人，我们仍会选择其优秀作品阅读并为之感动。在阿登个人诗集出版之际，略作简评，祝福阿登。